LEKTÜRE HILFE

Gedanken

Blaise Pascal

Gedanken

Blaise Pascal

Verfasst von Natacha Cerf
Übersetzt von Gerda Fischer

DER QUERLESER

BLAISE PASCAL

FRANZÖSISCHER WISSENSCHAFTLER, MORALIST, PHILOSOPH UND THEOLOGE

- Geboren 1623 in Clairmont

- 1662 in Paris gestorben

- Einige seiner Werke:

  - *Die Provinziale* (1656-1657), Korrespondenz

  - *L'Art de persuader* (1660), philosophisches Werk

  - *Pensées* (1670), Sammlung von Fragmenten

Blaise Pascal (1623-1662) war ein Literat, Wissenschaftler und Theologe. Schon früh zeichnete er sich durch seine außergewöhnliche Intelligenz aus. Als Teenager schrieb er eine Abhandlung über Schall, dann eine Abhandlung über Kegelschnitte, und mit 19 erfand er den Taschenrechner. 1654 erlitt Pascal einen Kutschenunfall, der ihm die Zerbrechlichkeit des Lebens vor Augen führte. Der Vorfall markierte den Beginn seiner religiösen Bedenken. Sein christliches Ideal veranlasste ihn, die Wissenschaften aufzugeben: Er widmete sich der philosophischen und spirituellen Reflexion. Er schrieb Les Provinciales, achtzehn Briefe, in denen er die Thesen der Jansenisten verteidigte.

Blaise Pascal hat die wissenschaftliche Methode, die Wirtschaftstheorien und die Sozialwissenschaften maßgeblich beeinflusst. Er stirbt an einer Krankheit, ohne die Veröffentlichung der «Pensées» (Gedanken) gesehen zu haben.

GEDANKEN

DAS WERK EINES MORALISTEN UND THEOLOGEN

- **Genre:** Aufsatz

- **Referenzausgabe:** Pensées, Paris, Éditions France Loisirs, Coll. «Les grands écrivains choisis par l'Académie Goncourt» (Die großen Schriftsteller, ausgewählt von der Académie Goncourt), 1986.

- **Auflage:** 1670

- **Themen:** Christentum, Glück, Politik, Menschlichkeit, Gerechtigkeit

Pascals nachgelassenes Werk, das 1670 veröffentlicht wurde, antwortet auf den Wunsch zu zeigen, dass der Mensch inneren Frieden und wahres Glück nur finden kann, wenn er akzeptiert, von Gottes Gnade berührt zu werden. Ein Mensch ohne Gott ist elend und endlich, während Gott allmächtig und unendlich ist.

Politik, Mensch und das hohe Gut sind die großen Themen, mit denen sich der Philosoph und Theologe in seinem Werk auseinandersetzt. Pascals Anklänge an die Moderne sind zahlreich, und die Aktualität seiner Reflexionen ist dauerhaft.

ZUSAMMENFASSUNG

ABSCHNITT 1 – GEDANKEN ZU GEIST UND STIL

Im Geiste der Geometrie sind die Prinzipien bekannte Prinzipien, die nur zum Denken gut sind. Ganz im Sinne der Subtilität sind die Vorschriften nicht einfach zu handhaben und mehr zu spüren als zu sehen. Es ist nicht leicht, sie für diejenigen fühlbar zu machen, die sie nicht selbst berühren. Sein Gegenstand kann nicht nach einem fortschrittlichen Argument verstanden werden, sondern nur in seiner Gesamtheit. Der Geist der Subtilität bezieht sich auf Dinge, die mit Gefühlen zu tun haben, und die Natur der Geometrie bezieht sich auf die Dinge, die mit der Diskussion verbunden sind.

ABSCHNITT 2 – HERRIN DER MENSCHEN OHNE GOTT

Die Menschen wollten die Prinzipien der Dinge verstehen, bis sie das Ganze mit unendlichem Stolz kannten. Dennoch ist ein Mensch nichts in der Unendlichkeit und kann die Prinzipien der Dinge nicht vollständig verstehen. Er steht zwischen dem Nichts und dem Ganzen und muss seine begrenzte Reichweite erkennen. Nur Gott, der allmächtig und die Quelle allen Seins ist, kann gefunden werden, um sowohl das Nichts als auch das Alles zu halten:

Alte Eindrücke, die Aufregung des Neuen, Erscheinungen, Gefühle und unser Eigeninteresse sind Ursachen für schlechte Urteile. All das beherrscht die Vernunft bis zu dem Punkt, an dem sie alles hat: Gerechtigkeit, Glück und die ganze Welt. Der Mensch ist also eine Verkleidung, eine Lüge und Heuchelei, sowohl für sich selbst als auch für andere. Er vermeidet es, anderen die Wahrheit zu sagen, weil er nicht möchte, dass sie sie wissen, und er neigt natürlich dazu, auf eine Weise zu handeln, die gegen Gerechtigkeit und Logik verstößt." (S. 59)

Der menschliche Zustand ist geprägt von Unbeständigkeit, Ruhelosigkeit und Langeweile. Es ist ein unglücklicher Zustand, dem der Mensch durch Unterhaltung (Spiel, Krieg, Frauen usw.) vergeblich zu entkommen versucht. Tod, Elend und Unwissenheit werden ignoriert, weil sie unheilbar sind und Schmerzen verursachen. Unterhaltung ist das einzige, was uns in unserer Not tröstet.

ABSCHNITT 3 – ÜBER DIE NOTWENDIGKEIT DER WETTE

Gott stellt die Religion durch Vernunft in den Sinn und durch Gnade in das Herz. Es ist unendlich unverständlich, da es keine Beziehung zu uns endlichen Wesen hat. Wir können nicht wissen, ob er ist oder was er ist, denn unendliches Chaos trennt uns.

Wir können Gott nur durch die Unterwerfung der Vernunft kennen. Glaube ist eine Sache des Herzens und nicht der Wissenschaft. Es ist notwendig und ermöglicht es, sich von stinkenden Freuden zu entfernen und Ehrlichkeit, Treue, Demut und Aufrichtigkeit anzunehmen.

ABSCHNITT 4 – MITTEL DES GLAUBENS

Wir müssen uns Gott demonstrativ unterwerfen und von außen auf ihn warten, damit er uns von innen besuchen kann. Er unterwirft unsere Seele natürlich ohne Kunst und Argumente. Alles Denken läuft darauf hinaus, dem Gefühl nachzugeben; Da die Religion geheimnisvoll und übernatürlich ist, kann sie sich nicht der Vernunft unterwerfen. Die Unmöglichkeit, die Existenz Gottes mit Vernunft zu beweisen, beweist nichts als die Schwäche unserer Verteidigung. Die ersten Prinzipien werden gefühlt und kommen von Herzen; Mehr braucht es nicht, damit ein religiös veranlagter Mensch versteht, dass man Gott lieben und sich nur selbst hassen soll. Gott selbst neigt dazu zu glauben; es braucht nicht mehr, um überzeugt zu sein.

ABSCHNITT 5 – GERECHTIGKEIT UND URSACHE DER AUSWIRKUNGEN

Da die Gerechtigkeit eher auf natürlichen Regeln als auf Gewohnheiten beruht, sollte sie überall und jederzeit gleich sein. Aber alles ändert sich mit der Zeit und mit Königen und Tyrannen. Es gibt keine Beständigkeit in Recht und Gerechtigkeit, weil die Autoritäten nach den Launen des Augenblicks gebildet werden. Infolgedessen glaubt die Bevölkerung, dass das Alter der Bräuche ihre

Gültigkeit beweist, was den Irrtum ihres Glaubens verdeutlicht. Schwäche, Verlangen und Macht bestimmen das Verhalten des Menschen.

ABSCHNITT 6 – DIE PHILOSOPHEN

Das Denken ist von Natur aus großartig, aber aufgrund seiner Mängel gering: Das Denken ist leicht manipulierbar; man kann immer alles und sein Gegenteil beweisen. Ein Mensch ohne Gott ist über alles unwissend und verursacht unvermeidliches Unglück, weil er sich der Wahrheit nicht vergewissern kann, obwohl er es gerne möchte.

Der Mensch muss seine Demut und Größe kennen und niemals das eine ohne das andere. Die Suche nach dem wahren Guten ist vergeblich; man muss nur die Arme nach dem Befreier ausstrecken.

ABSCHNITT 7 – MORAL UND LEHRE

Gott ist das wirklich Gute. Er wollte sich vollständig sichtbar machen für diejenigen, die ihn aufrichtig suchen, und verborgen für diejenigen, die ihn von Herzen meiden.

Es ist unmöglich, das wahre Wesen, die Güte, die Tugend und die Religion des Menschen unabhängig zu kennen. Gott allein gibt Weisheit.

Die Religion lehrt uns, dass durch den Menschen (Erbsünde) die Verbindung zwischen Mensch und Gott unterbrochen und durch Christus wiederhergestellt wurde: Christus ist der Mittler, der die Kommunikation mit Gott ermöglicht. Prophezeiungen sind solide Beweise für die Existenz von Jesus Christus.

Schrift, Erbsünde und Christus sind absolute Beweise für Gott, Lehre und Moral. Christus macht uns unser Elend bekannt, weil er unser Unbehagen beseitigt. Und wir kennen Gott nur dann wirklich, wenn wir unsere Missetaten kennen. Ohne die Schrift, die nur Jesus zum Thema hat, wissen wir nichts, nicht einmal uns selbst.

ABSCHNITT 8 – DIE GRUNDLAGEN DER CHRISTLICHEN RELIGION

Man muss Gott und sein Elend kennen, nicht das eine ohne das andere. Menschen sind sowohl aufgrund ihrer Verdorbenheit Gottes unwürdig als auch aufgrund ihrer ursprünglichen Natur Gottes fähig. Wir sind elend und von Gott getrennt, aber durch Jesus Christus erlöst. Die Wahrheit der Religion wird in der Dunkelheit des Glaubens selbst gesehen. Gott ist teilweise verborgen und teilweise offenbart, was nützlich ist: die Nacht für einen Menschen, um seine Verderbtheit zu spüren, und das Licht für die Hoffnung auf Heilung.

BELEUCHTUNG

GEBURT DES GLAUBENS

In Pascals Familie ist jeder ein Gläubiger mit einem aufrichtigen, aber lauen Glauben. Erst 1646 erlebte Pascal „seine erste Bekehrung", als die Brüder Deschamps, die wegen des ausgerenkten Beins ihres Vaters ans Krankenbett gerufen wurden, die augustinische Ideologie in der Familie einflößten. Seine Schwester Jacqueline trat dann 1652 in die Religionsgemeinschaft von Port-Royal ein, die die Ideen des heiligen Augustinus in ihrer strengsten und kompromisslosesten Version umsetzte: Die Geistlichen, Theologen, Gelehrten und Laien, die das Kloster beherbergten, praktizierten eine äußerst einfache und strenges Leben.

Pascals „zweite Bekehrung" erfolgte eines Nachts im Jahr 1654, nachdem ihn ein Unfall mit einer Kutsche ins Koma fallen ließ. Als der Gelehrte erwacht, schildert er ein mystisches Erlebnis. Pascal verkündet leidenschaftlich seinen neuen Glauben und widmet sich endgültig der Religion. Er besucht Port-Royal für einige Zeit und nimmt seine Sache an, obwohl er noch kein offizielles Mitglied der Gemeinschaft ist. In dieser Zeit beginnt er mit der Arbeit an seinem Großprojekt „Apologie der christlichen Religion".

GEBURT EINES WERKES

Pascal hat nie ein Buch mit dem Titel Pensées (Gedanken) geschrieben. Die Herausgeber haben die verstreuten Entwürfe, die der Autor hinterlassen hat, in Form eines Gesamtwerks vorgelegt, das zu einem großen Teil aus den vorbereitenden Dokumenten für die Abfassung der Apologie der christlichen Religion besteht: Dieses neue Werk, aufgebaut auf den Trümmern der Apologie, kommt sowohl von ihnen als auch von Pascal. Der Theologe selbst hat laut Redaktion den Willen zu einer bewusst diskontinuierlichen Darstellung in Form einer Sammlung von Maximen (segmentierte Einheiten) angekündigt. Wir können jedoch nicht ausschließen, dass diese Ankündigung von den Herausgebern stammt.

Pascal kritzelte seine Ideen hastig auf Zettel, um die Vergänglichkeit seiner Gedanken einzufrieren. Die Pensées zeugen also von einer Schreibweise der Dringlichkeit, einem Symptom des menschlichen Dramas, das den schrecklichen Lauf der Zeit und der Dinge darstellt. Dieser Rückgriff auf den „Notizblock" erklärt den telegraphischen Charakter des Werkes. Es ist immer noch eine Skizze, ein Versprechen einer Rede.

Nach seinem Tod entdeckten die Angehörigen des Schriftstellers mit Blättern gefüllte, mit Fäden verwobene Ordner, aus denen sich Themen herauslösen ließen, ohne die wesentlichen Teile eines geplanten Plans abschließen zu können. Dies kann eine Methode der persönlichen Teilung sein. Pascals Gefolgschaft beschloss zunächst, die Bündel eins zu eins zu kopieren, aber in einem Jahrhundert, in dem zusammenhanglose Formen verachtet wurden, musste der Text in dieser Form überzeugender sein. 1670 wurde daher die Entscheidung getroffen, eine selektive und korrigierte Ausgabe zu produzieren: die Port-Royal-Ausgabe, eine überreine Version, die die sehr persönliche Syntax des Autors, seine Kühnheit und einige Schlüsselpassagen seiner Argumentation auslässt. Im 19. Jahrhundert wurde eine Gesamtausgabe der Pensées gefordert. Dennoch bleiben die modernen Ausgaben trotz ihrer Vollständigkeit Interpretationen der Herausgeber der Rekonstruktion der Anordnung der Fragmente. Die Pensées sind ein unsicheres, bewegliches und formbares Werk, das nur in die Form seiner Interpreten gegossen werden kann.

Augustinismus

Der Einfluss des heiligen Augustinus (christlicher Philosoph und Theologe, geboren 354, gestorben 430) auf Pascals Werk ist groß. Pascal übernimmt vom Bischof einen konsequenten Teil seiner düster-tragischen Religionsauffassung. Er teilt die Idee, dass die Erbsünde die Wurzel der irreversiblen Verderbnis der Menschheit ist. Der Mensch ist eine Marionette, die von drei Arten von Verlangen manipuliert wird: Neugier, Stolz und Lust. Angesichts dieser Versuchungen empfiehlt die augustinische Moral die alleinige Sorge um Gott gegen die Eitelkeiten der Wissenschaft, tiefe Demut gegen das Streben nach Macht und absolute Enthaltsamkeit als Heilmittel gegen die Versuchungen des Fleisches. Wahre Gewissheit findet man im Glauben und nicht in der Vernunft. Pascal sagt nichts weiter. Er verteidigt ein von Schrecken und Beschränkungen erfülltes Christentum, das nur wenigen, die durch göttliche Gnade aus dem Lotto ausgewählt wurden, das Heil sichert. Die Vorbestimmung des Menschen ist tragisch; Egal was er tut, er hat keine Kontrolle über sein Schicksal.

SCHLÜSSEL EINLESEN

Ein theologisches Werk

Die Pensées sind ein Zeugnis des Glaubenssystems des 17. Jahrhunderts. Die Religion übte damals einen enormen Einfluss auf die Geister aus: Sie setzte überall ihre Gesetze durch und lenkte das Denken. Kirchenbehörden kontrollieren veröffentlichte Werke und regulieren die Zensur, und Ketzer werden im Namen des Einheitsdenkens verbrannt. Es ist ein viel dunkleres Christentum als heute, in dem die Gottesfurcht eine zentrale Rolle spielt. Eine streng historische Lektüre der Pensées ist daher angebracht: Der Leser muss die Klippe der Anachronismen vermeiden und sich nicht von Pascals Aussagen befremden lassen und die Größe des Werks verpassen.

Die Gestalt Gottes

Pascal extrahiert aus der Schrift den großen, mächtigen und schrecklichen Gott. Er ist ein universelles Wesen, das dich jederzeit verlieren kann. Er ist Strafandrohung und Trost zugleich. Mit anderen Worten, Gott ist Sanftmut, Liebe, Barmherzigkeit, Rache und Schrecken. Es ist den Augen der Vernunft oder der Seele verborgen, aber nicht vollständig: Es kann erraten werden, ohne vollständig zu erscheinen. Diese teilweise Verheimlichung Gottes sortiert die Menschen in die der Elite und die der blinden Massen. Diejenigen, die ihn aufrichtig suchen, werden ihn finden, aber er bleibt denen verborgen, die ihn nicht suchen. Gott zu begehren bedeutet also, ihn bereits zu besitzen.

Die Erbsünde

Pascal liefert eine tragische Vision des Christentums, nach der der Mensch unwiderruflich unglücklich ist, weil er weiß, dass er einmal glücklich war und es nicht mehr ist. Der Sündenfall fügt der Menschheit Leid und Buße zu. Christen müssen auf unbestimmte Zeit für ein Verbrechen büßen, das sie nicht begangen haben, gemäß einer göttlichen Gerechtigkeit, deren Prinzip der Vernunft widerspricht. Die menschliche Existenz ist elend, weil der Mensch mit der Erinnerung an verlorenes Glück lebt; das ist die grausamste aller Qualen. Die ursprüngliche Natur des Menschen ist unwiederbringlich verloren, und der Mangel an Freude ist unmöglich zu beheben. Das Werk ist geprägt von einem Gefühl der Angst und Enge in Bezug auf die menschliche Verfassung des Menschen, das die Pensées dem tragischen Genre nahe bringt.

Christus

Pascal reduziert die christliche Lehre auf zwei gleiche und entgegengesetzte Potenzen: die Verdorbenheit der Natur und die Erlösung durch Jesus Christus. Christus vereint die menschliche und die göttliche Natur in sich; um die Menschen mit Gott in seiner göttlichen Natur zu versöhnen. Er verkörpert die Erlösung. Dabei lehrt Christus eine doppelte Lektion: Es gibt einen Gott, dessen Menschen würdig sind, und einen Gott, dessen Menschen aufgrund der Verderbtheit der Natur unwürdig sind. Als Wiedergutmacher, Erlöser und Befreier sühnt Jesus die Urschuld und eröffnet den Zugang zum Heil. Christus ist auch ein Mittler. Kommunikation zwischen dem Endlichen und dem Unendlichen ist ohne Vermittler unmöglich; er ermöglicht die Wiedervereinigung zwischen Gott und Mensch. Christus nimmt eine zentrale Stellung ein: Ohne ihn würden wir weder Leben noch Tod noch Gott noch uns selbst kennen.

Die Notwendigkeit des Glaubens

Pascal versucht nicht, den Glauben zu vermitteln, da er nicht durch Argumentation, sondern durch Beweis seiner Notwendigkeit gegeben werden kann. Der Glaube ist ein Geschenk Gottes. Er transzendiert und widerspricht der Vernunft. Glaube ist das Aufgeben der Vernunft zugunsten einer höheren Wahrheit, die sie manchmal beleidigt. Aber während Pascal nicht versucht, den Glauben zu vermitteln, empfiehlt er dennoch eine Moral und einen Lebensstil, die mit dem christlichen Leben übereinstimmen. Selbst ein Mensch, der nicht von der Gnade Gottes heimgesucht wird, kann sich innerlich darauf vorbereiten, ein Christ zu werden, indem er äußerlich wie einer lebt. In diesem Fall könnte Gott seine Gnade im Endeffekt gewähren. Als Augustiner behauptet der Denker jedoch, dass nicht alle Menschen gerettet werden.

GRÖSSE UND ELEND DES MENSCHEN

Das Hauptargument der Arbeit ist das der contrariétés, d. H. von den inneren Widersprüchen des Menschen: er ist voller Größe und Elend zugleich. Pascal betrachtet das Christentum als das einzige philosophische System, das diese beiden widersprüchlichen Aspekte umfassend zum Ausdruck bringt; die Lehre spiegelt alles wider. Vor dem Fall war der Mensch Gott nahe und wurde seiner würdig gemacht, indem er ihn in den Mittelpunkt der Schöpfung stellte. Die Erinnerung an diese für immer verlorene Glückseligkeit macht die Größe des Menschen aus. Sein Elend hat seinen Ursprung in der Erbsünde, die den Menschen zu ständiger Qual verdammt.

Die Versöhnung der Gegensätze

Die ganze Wahrheit besteht aus der Vereinigung zweier Gegensätze: Der Mensch ist Größe und Elend zugleich. Pascal stellt das Prinzip der Widerspruchsfreiheit in Frage, das besagt, dass eine gegebene Aussage nicht gleichzeitig wahr und falsch sein kann. Der Fehler liegt in der Unvollständigkeit und nicht in der Falschheit einer der beiden Aussagen. Pascal prangert den Stoizismus von Epiktet an, der nur die Größe des Menschen sieht, und den Skeptizismus von Montaigne, der nur sein Elend sieht: „Es geschieht daher aus diesen unvollkommenen Lichtern, dass derjenige, der die Pflichten des Menschen erfüllt, seine Ohnmacht kennt und nicht kennt , sich in Anmaßung verliert und der andere, der die Ohnmacht, aber nicht die Pflicht kennt, sich in Feigheit niederwirft." (aus dem Gespräch mit M. de Sacy, 1655) Das Christentum überwindet Philosophien, indem es gegensätzliche Thesen vereint. Die Gültigkeit des Evangeliums versöhnt unvereinbare Wahrheiten menschlicher Lehren. Mehr noch: Der Mensch ist nicht in der Mitte, sondern ganz oben und ganz unten zugleich. Die christliche Moral ist eine ständige Korrektur, die stolze Menschen demütigt und demütige Menschen erhebt.

Der Gedanke

Durch das Denken erhebt sich der Mensch über das Tierreich. Denken macht einen Mann groß. Der Mensch ist sowohl Körper als auch Geist, aber der Geist geht unendlich über den Körper hinaus. Es besteht ein absoluter Gegensatz zwischen der Schwäche des Körpers und der Kraft des Geistes. Der Intellekt ist ontologisch dem materiellen Universum überlegen: Die Vernunft ist unendlich größer als das ganze Universum. Darin ist der Mensch zutiefst unbedeutend und gleichzeitig höchst würdig. Aber wenn das Denken die Größe des Menschen signalisiert, ist es auch das wesentliche Drama, das es ermöglicht, das Ausmaß seiner Not zu erkennen. Der Mensch ist elend, aber groß, weil er sich dessen bewusst ist. Das wichtigste Zeichen der Größe, das Denken, ist also immer noch das Elend.

Unterhaltung

Unterhaltung ist die mittelmäßige Antwort auf den Wunsch, dem Elend zu entfliehen. Es bestätigt den unglücklichen Zustand des Menschen, denn wenn ein Mensch glücklich wäre, müsste er sich nicht durch Unterhaltung von seinen Gedanken ablenken. Ohne Unterhaltung versinkt der Mensch in Langeweile und schließlich in absoluter Verzweiflung. Diese lächerliche Lösung verschleiert nur das Problem, ohne es jemals zu lösen, und stürzt die Menschen meistens in Unwürdigkeit. Spiel und körperliche Freuden sind der Größe seines Geistes unwürdig. Außerdem könnte es effizienter sein, da es keinen extrinsischen Zweck hat. Pascals Unterhaltung ist mit Freuds Verdrängung vergleichbar. Beides sind Versuche, schmerzhafte Gedanken zu vergessen, die unweigerlich scheitern: Die störenden Ideen kommen immer wieder und bringen zahlreiche Qualen mit sich. Pascal will diese Form des Wahns, der Unterhaltung, anprangern. Außerhalb von Gott gibt es kein Entrinnen vor der Angst vor der Leere. Ein Übermaß an Tun wird niemals den Mangel an Sein ausgleichen.

Die trügerischen Kräfte und die Begehrlichkeit

Trügerische Kräfte sind alles, was uns in die Irre führen und ein Hindernis für die Wahrheit schaffen kann. Sie beinhalten:

- Die Vorstellungskraft, der grundlegende Teil der Irrationalität, die der Mensch in sich trägt, beherrscht das Subjekt und setzt seine Sinne außer Kraft. Dadurch hat der Mensch keine Kontrolle mehr über sein Innenleben. Pascal versucht, den Menschen einen gesünderen Blick auf die Realität zurückzugeben;

- Interesse oder Selbstliebe;

- Die Angewohnheit. Der Mensch hält unbewusst die lokale Konvention für das Universelle. Pascal spricht von Denkmustern, Ideologien und Traditionen, die man heute im Gegensatz zur Natur als Kultur bezeichnen würde. Es ist die Wurzel der meisten unserer Überzeugungen und Gewissheiten, die nicht in der Vernunft verwurzelt sind. Gewohnheit ist ein stärkerer Beweis der Vernunft als Erfahrung. Pascal stellt die extreme Relativität von Gesetzen fest, die von Ort zu Ort variieren und sich je nach Epoche ändern und den Gepflogenheiten seines Landes und seiner Zeit folgen. Die Feststellung dieser zerbrechlichen Wahrheiten zwingt zur Suche nach einer stabilen und universellen Wahrheit.

Die Begierde wiederum ist ein moralisches Hindernis, das in Stolz, Neugier und die Begierden des Fleisches unterteilt ist.

Vergänglichkeit

Es knüpft an das große philosophische und literarische Thema der Eitelkeit aller Dinge an. Das Merkmal der menschlichen Existenz, das eine Folge des Sündenfalls ist, ist Vergänglichkeit. Diese Vergänglichkeit der Dinge steht im Gegensatz zur göttlichen Unbeweglichkeit und Ewigkeit. Der Mensch ist nichts als Vergänglichkeit und Widerspruch.

DAS ARGUMENT

Die Arbeit ist eine lange Auseinandersetzung, die vollständig in den Bereich der Rhetorik fällt. Pascal weiß die richtigen Mittel einzusetzen, um seine Leser zu überzeugen. Der Autor betont Wortstellung und -struktur und beansprucht einen einfachen und natürlichen Stil anstelle von Eloquenzpracht. Der Autor entwickelt verschiedene Argumentationsformen:

- **Induktives Schließen**: Schließen, bei dem man von einem konkreten Fall ausgeht und daraus ein allgemeines Gesetz ableitet. Beispiel: „Wer die Eitelkeit des Menschen vollständig kennen will, braucht nur die Ursachen und Wirkungen der Liebe zu betrachten. [...] Kleopatras Nase, wäre sie kürzer gewesen, hätte das ganze Antlitz der Erde verändert." (S. 82-83) Pascal leitet hier von Cleopatras Charme die universellen Umwälzungen ab, die die Liebe verursachen kann;

- **Analoges Denken**: Denken durch Assoziieren von Ideen. Bestimmte offensichtliche Ähnlichkeiten zwischen zwei Situationen werden auf die Existenz anderer, weniger offensichtlicher Ähnlichkeiten geschlossen. Beispiel: „Sag nicht, ich hätte nichts Neues gesagt, die Anordnung der Stoffe ist neu. Wenn du Palm spielst, ist es derselbe Ball, den der eine spielt und der andere spielt, aber man platziert ihn besser" (S. 20);

- **Deduktives Denken:** Deduktives Denken geht von einer allgemeinen Idee, einem Prinzip oder einem Gesetz aus, um eine bestimmte Schlussfolgerung zu ziehen. Pascal sagt zum Beispiel grob, dass Beweise, deren Leugnung Sünde darstellt, unzweifelhaft sind; nun waren die Zeitgenossen Christi, die die Wunder leugneten, Sünder; daher beinhalten die Gaben unzweifelhafte Beweise;

- **Die Argumentation à fortiori:** Argumentation, die verwendet wird, um zu zeigen, dass eine Wahrheit eine andere nach sich zieht, unterstützt durch stärkere Argumente. Ein Gesetz, das in einem ersten, scheinbar ungünstigen Fall gilt, wird a fortiori in anderen, günstigeren Umständen gelten: „Wenn die natürlichen Dinge [die Vernunft] übertreffen, was soll man vom Übernatürlichen sagen?" (S. 127);

- **Absurdes Denken:** Es geht darum, die Gültigkeit einer bestimmten Hypothese durch die Absurdität zu beweisen, zu der die Gegenhypothese führt. Beispiel: „Wenn unser Zustand wirklich glücklich wäre, sollten wir uns nicht ablenken, indem wir darüber nachdenken";

- **Mathematische Argumentation:** Argumentation in Form eines absolut und definitiv unbestreitbaren wissenschaftlichen Beweises. Es ist ein Argument, das nicht aufzuhalten sein soll: „Wenn es unendlich viele Zufälle gäbe, von denen nur einer für dich wäre, hättest du immer noch Recht, einen gegen zwei zu verpfänden [...]; aber hier gibt es unendlich viele unendlich glückliche Leben zu gewinnen, eine Gewinnchance gegenüber einer endlichen Anzahl von Verlustchancen, und was Sie spielen, ist endlich."

DENKANSTÖSSE

EINIGE FRAGEN, UM IHRE ÜBERLEGUNG ZU VERTIEFERN...

* Buchexperten stellen fest, dass Pascals Arbeit Kopfschmerzen bei der Einordnung bereitet. Wie erklärst du dir das?

* Welcher Zusammenhang lässt sich zwischen Freuds Verdrängungstheorie und Pascals Reflexionen über die unerträgliche Vorstellung unseres Todes herstellen?

* Jean Mesnard sieht in Pascal einen Vorläufer des zeitgenössischen Existentialismus. Stimmen Sie ihm zu?

* Was ist/sind der/die Unterschied(e) zwischen Oster-Langeweile und Camus' Sinn für das Absurde?

* *Ein König ohne Unterhaltung* enthält Zitate von Pascal. Ist Jean Gionos Weltanschauung ähnlich wie die Pascals?

* Welchen Einfluss hat Augustinus auf Pascals « Pensées »?

* Pascal unterscheidet zwischen Augustinismus und Jansenismus. Erkläre es.

* Identifizieren Sie einige Aporien (unlösbare Widersprüche) in Pascals Argumentation.

- Wie verhält sich Pascal zum Skeptizismus (der philosophischen Doktrin, dass der Mensch die Erkenntnis der Wahrheit nicht erlangen kann)?

UM WEITER ZU GEHEN

REFERENZAUSGABE

PASCAL B., *Pensées*, Editions France Loisirs, Coll. « Les grands écrivains choisis par l'Académie Goncourt » (Die großen Schriftsteller, ausgewählt von der Académie Goncourt), 1986.

REFERENZSTUDIE

TOURRETTE É., Pensées (Gedanken). *Grandeur et misère de l'homme*, Paris, Editions Bréal, Coll. « Connaissance d'une œuvre », 2008.

Deine Meinung ist uns wichtig!
Hinterlasse doch einen Kommentar auf der Seite
unserer Online-Buchhandlung
nd teile Deine Favoriten in den sozialen Netzwerken!

derQuerleser.de
Literatur auf den Punkt gebracht!

ISBN digitale Ausgabe: 9782808686969
ISBN gedruckte Ausgabe: 9782808698368
Pflichtexemplar: D/2023/12603/1116

Cover: © Plurilingua
Logo: © Graphicrepublic (Freepik.com) und Plurilingua

Digitale Aufbereitung: Primento, der digitale Partner der Herausgeber.